原来我们彼此深爱

Stray Birds Selected

[印]泰戈尔——著
郑振铎——译

原来我们彼此深爱

天津出版传媒集团
天津人民出版社

图书在版编目（CIP）数据

原来我们彼此深爱 /（印）泰戈尔著；郑振铎译 .
-- 天津：天津人民出版社，2018.6
ISBN 978-7-201-13412-3

Ⅰ . ①原… Ⅱ . ①泰… ②郑… Ⅲ . ①诗集 – 印度 –
现代 Ⅳ . ① I351.25

中国版本图书馆CIP数据核字(2018)第092987号

原来我们彼此深爱
YUAN LAI WO MEN BI CI SHEN AI

出　　版　天津人民出版社
出 版 人　黄　沛
地　　址　天津市和平区西康路 35 号康岳大厦
邮政编码　300051
邮购电话　（022）23332469
网　　址　http://www.tjrmcbs.com
电子信箱　tjrmcbs@126.com

监　　制　黄　利　万　夏
责任编辑　玮丽斯
特约编辑　申蕾蕾　常晓光
封面图片　©Olaf Hajek Illustration 2018
装帧设计　紫图图书ZITO®

制版印刷　北京中科印刷有限公司
经　　销　新华书店
开　　本　787 毫米 ×1092 毫米　1/32
印　　张　8.25
字　　数　50 千字
版次印次　2018 年 6 月第 1 版　2018 年 6 月第 1 次印刷
定　　价　59.90 元

我把我的心之碗

轻轻浸入这沉默之时刻中

有一次，

我梦到我们彼此陌生。

醒来后，

发现原来我们彼此深爱。

译者序

《飞鸟集》充溢着对人和自然的爱

我译泰戈尔的《飞鸟集》是在一九二二年夏天，离现在已经有三十多个年头了。这部《飞鸟集》共有短诗三百二十六首。我那时候只选译了其中为自己所喜欢的和能够懂得的若干篇。有些不太了解或觉得宗教的意味太浓厚的，就都删去不译。但也译得不少，共译了二百五十七首，占全部的四分之三以上，就印成一本小小的书出版。当时姚茫父先生见之，大为赞赏，便把我的译文改用五言诗写过，也印了出来。他的译本是更具有中国诗的风味了。

现在，趁这个再版的机会，重新把我的译本读过几遍，自己发现有些诗译得不太好，甚至有些译错的地方，便都把它们改正过来，同时，又把那时候没有译出的六十九首诗补译出来。现在这个样子的新版，算是《飞鸟集》的第一次的全译本了。

泰戈尔的这些短诗，看来并不难译，但往往在短短的几句诗里，包涵着深邃的大道理或尖锐的讽刺语，要译得恰如其意是不大容易的。它们像山坡草地上的一丛丛的野花，在早晨的太阳光下，纷纷地伸出头来。随你喜爱什么吧，那颜色和香味是多种多样的。像：

“谢谢神，我不是一个权力的轮子，而是被压在这轮子下的活人之一。”

“人类的历史在很忍耐地等待着被侮辱者的胜利。”

那些诗，是带着很深刻的讥嘲，甚至很大的悲愤的，更多的诗是充溢着对人和自然的爱的，还有些诗是像“格言”的，其中有不少是会令人讽吟有得的。又，我原来根据的本子共有三百二十六首诗，其中有一首诗与第九十八首词句完全相同，应删去，成为三百二十五首。英译本的一个本子也是三百二十五首。特此声明。

郑振铎

一九五六年三月十二日于北京

目 录

辑一

Stray Birds

飞鸟集

道路虽然拥挤，

却是寂寞的，

因为它是不被爱的。

《浪漫曲没有歌词》

乔治·巴比尔　1923

在这个海岸上，感到你的伟大思想的沉默了。

1

夏天的飞鸟，
飞到我窗前唱歌，
又飞去了。

秋天的黄叶，
它们没有什么可唱，
只叹息一声，
飞落在那里。

——《飞鸟集：1》

2

世界上的一队小小的漂泊者呀，

请留下你们的足印在我的文字里。

——《飞鸟集：2》

3

世界对着它的爱人，

把它浩瀚的面具揭下了。

它变小了，

小如一首歌，

小如一回永恒的接吻。

——《飞鸟集：3》

《摩登女孩》

乔治·巴比尔　1930

我的心，带了你的爱去与它相会。

4

广漠无垠的沙漠

热烈地追求着一叶绿草的爱，

但她摇摇头，

笑起来，

飞了开去。

——《飞鸟集：5》

5

跳舞着的流水呀，

在你途中的泥沙，

要求你的歌声，

你的流动呢。

你肯挟跛足的泥沙而俱下么？

——《飞鸟集：7》

《短暂的幻想和核心的爱》

乔治·巴比尔 1912

世界对着它的爱人，把它浩瀚的面具揭下了。

6

她的热切的脸，

如夜雨似的，

搅扰着我的梦魂。

——《飞鸟集：8》

7

有一次，我梦到我们彼此陌生。

醒来后，发现原来我们彼此深爱。

——《飞鸟集：9》

《巫师的艺术装饰》

乔治·巴比尔　1921

她的热切的脸，如夜雨似的，搅扰着我的梦魂。

8

有些看不见的手指，

如懒懒的微飔似的，

正在我的心上，

奏着潺湲的乐声。

——《飞鸟集：11》

9

创造的神秘，

有如夜间的黑暗，

——是伟大的。

而知识的幻影，

不过如晨间之雾。

——《飞鸟集：14》

10

这些微思，

是绿叶的簌簌之声呀；

它们在我的心里，

愉悦地微语着。

——《飞鸟集：17》

《咒语》

乔治·巴比尔　1922

这世界乃是为美之音乐所驯服了的狂风骤雨的世界。

11

光如一个裸体的孩子，
快快活活地在绿叶当中游戏，
它不知道人是会欺诈的。

——《飞鸟集：27》

12

啊，美呀，

在爱中找你自己吧，

不要到你镜子的谄谀中去找呀。

——《飞鸟集：28》

13

我的心冲激着她的波浪
在“世界”的海岸上，
蘸着眼泪在上边写着她的题记：
“我爱你。”

——《飞鸟集：29》

《香水的艺术》

乔治·巴比尔　1912

这个渴望是为了那个在黑夜里感觉得到，

在大白天里却看不见的人。

14

生命因了“世界”的要求，
得到它的资产，
因了爱的要求，
得到它的价值。

——《飞鸟集：33》

15

我不能说出这心

为什么那样默默地颓丧着。

那小小的需要，

它是永不要求，

永不知道，

永不记着的。

——《飞鸟集：37》

16

太阳横过西方的海面时，

对着东方，

致它的最后的敬礼。

——《飞鸟集：39》

乔治·巴比尔　1918

我能够看见你的脸，而且以你为幸福。

17

你微微地笑着，

不同我说什么话，

而我觉得，

为了这个，

我已等待得久了。

——《飞鸟集：42》

18

水里的游鱼是沉默的，

陆地上的兽类是喧闹的，

空中的飞鸟是歌唱着的；

但是人类却兼有了海里的沉默，

地上的喧闹，

与空中的音乐。

——《飞鸟集：43》

《羽毛扇》

乔治·巴比尔　1921

“我医治你，所以要伤害你，

我爱你，所以要惩罚你。”

19

阴影戴上她的面纱，

秘密地，

温顺地，

用她的沉默的爱的脚步，

跟在“光”后边。

——《飞鸟集：47》

20

心是尖锐的，

不是宽博的，

它执着在每一点上，

却并不活动。

——《飞鸟集：50》

21

我们如海鸥之与波涛相遇似的，

遇见了，

走近了。

海鸥飞去，

波涛滚滚的流开，

我们也分别了。

——《飞鸟集：54》

《希望》

乔治·巴比尔　1922

广漠无垠的沙漠热烈地追求着一叶绿草的爱。

22

日间的工作完了，

于是我像一只拖在海滩上的小船，

静静地听着晚潮跳舞的乐声。

——《飞鸟集：55》

23

在我自己的杯中，
饮了我的酒吧，
朋友。

一倒在别人的杯里，
这酒的腾跳的泡沫便要消失了。

——《飞鸟集：61》

《巴黎服饰》

乔治·巴比尔　1914

我们如海鸥之与波涛相遇似的，

遇见了，走近了。

24

上帝对人说道：

“我医治你，

所以要伤害你，

我爱你，

所以要惩罚你。”

——《飞鸟集：63》

25

谢谢火焰给你光明，

但是不要忘了那执灯的人，

他是坚忍地站在黑暗当中呢。

——《飞鸟集：64》

26

小草呀，

你的足步虽小，

但是你拥有你足下的土地。

——《飞鸟集：65》

27

瀑布歌道：

“虽然渴者只要少许的水便够了，

我却很快活地给予了我全部的水。”

——《飞鸟集：69》

28

这寡独的黄昏，

幕着雾与雨，

我在我心的孤寂里，

感觉到它的叹息了。

——《飞鸟集：72》

29

雾，

像爱情一样，

在山峰的心上游戏，

生出种种美丽的变幻。

——《飞鸟集：74》

《玫瑰园》

乔治·巴比尔　1922

当你引导我到各处去时，

我便爱上你，与你结婚了。

30

绿草求她地上的伴侣。

树木求他天空的寂寞。

——《飞鸟集：78》

31

我的朋友，

你的语声飘荡在我的心里，

像那海水的低吟之声，

绕缭在静听着的松林之间。

——《飞鸟集：80》

32

使生如夏花之绚烂，

死如秋叶之静美。

——《飞鸟集：82》

乔治·巴比尔

我们的欲望，把彩虹的颜色，

借给那只不过是云雾的人生。

33

艺术家是自然的情人，

所以他是自然的奴隶，

也是自然的主人。

——《飞鸟集：85》

34

这个渴望是为了

那个在黑夜里感觉得到，

在大白天里却看不见的人。

——《飞鸟集：87》

35

绿叶的生与死

乃是旋风的急骤的旋转，

它的更广大的旋转的圈子

乃是在天上繁星之间徐缓的转动。

——《飞鸟集：92》

《一只见异思迁的鸟》

乔治·巴比尔 1914

我的昼间之花，落下它那被遗忘的花瓣。

在黄昏中，这花成熟为一颗记忆的金果。

36

我想起了浮泛在生与爱与死的川流上
的许多别的时代，
以及这些时代之被遗忘，
我便感觉到离开尘世的自由了。

——《飞鸟集：97》

37

我灵魂里的忧郁就是她的新妇的面纱。

这面纱等候着在夜间卸去。

——《飞鸟集：98》

《巴黎服饰》

乔治·巴比尔　1913

夏天的飞鸟，飞到我窗前唱歌，又飞去了。

38

只管走过去，

不必逗留着去采了花朵来保存，

因为一路上，

花朵自会继续开放的。

——《飞鸟集：102》

39

无名的日子的感触，

攀缘在我的心上，

正像那绿色的苔藓，

攀缘在老树的周身。

——《飞鸟集：106》

40

我投射我自己的影子
在我的路上，
因为我有一盏还没有
点燃的明灯。

——《飞鸟集：109》

《守口如瓶之人》

乔治·巴比尔　1922

世界已在早晨敞开了它的光明之心。

41

道路虽然拥挤，

却是寂寞的，

因为它是不被爱的。

——《飞鸟集：114》

42

夜与逝去的日子接吻，

轻轻地在它耳旁说道：

“我是死，

是你的母亲。

我就要给你以新的生命。”

——《飞鸟集：119》

43

黑夜呀，

我感觉到你的美了，

你的美如一个可爱的妇人，

当她把灯灭了的时候。

——《飞鸟集：120》

44

亲爱的朋友呀，

当我静听着海涛时，

我有好几次在暮色深沉的黄昏里，

在这个海岸上，

感到你的伟大思想的沉默了。

——《飞鸟集：122》

45

蜜蜂从花中啜蜜，

离开时营营地道谢。

浮夸的蝴蝶却相信

花是应该向它道谢的。

——《飞鸟集：127》

《当代潮流》

乔治·巴比尔　1914

啊，美呀，在爱中找你自己吧，

不要到你镜子的谄媚中去找呀。

46

子夜的风雨，

如一个巨大的孩子，

在不得时宜的黑夜里醒来，

开始游戏，

和喊叫起来了。

——《飞鸟集：136》

47

海呀，

你这暴风雨的孤寂的新妇呀，

你虽掀起波浪追随你的情人，

但是无用呀。

——《飞鸟集：137》

48

文字对工作说道：

“我惭愧我的空虚。”

工作对文字说道：

“当我看见你时，

我便知道我是怎样地贫乏了。”

——《飞鸟集：138》

49

时间是变化的财富，

但时钟在它的游戏文章里

却使它只不过是变化而没有财富。

——《飞鸟集：139》

《因佩里亚》

乔治·巴比尔　1923–1924

我将明白您的黑暗，而且将喜爱它。

50

当我到这里，

到那里地旅行着时，

路呀，

我厌倦了你了，

但是现在，

当你引导我到各处去时，

我便爱上你，

与你结婚了。

——《飞鸟集：141》

51

让我设想，

在群星之中，

有一粒星是指导着我的生命

通过不可知的黑暗的。

——《飞鸟集：142》

52

妇人，

你用了你美丽的手指，

触着我的器具，

秩序便如音乐似的生出来了。

——《飞鸟集：143》

53

一个忧郁的声音，

筑巢于逝水似的年华中。

它在夜里向我唱道，——“我爱你。”

——《飞鸟集：144》

《巴黎服饰》

乔治·巴比尔　1913

我在我心的孤寂里，感觉到它的叹息了。

54

燃着的火，

以它的熊熊之光焰禁止我走近他。

把我从潜藏在灰中的余烬里救出来吧。

——《飞鸟集：145》

55

世界已在早晨敞开了它的光明之心。

出来吧，

我的心，

带了你的爱去与它相会。

——《飞鸟集：149》

56

我的思想随着这些闪耀的绿叶而闪耀着，

我的心灵接触着这日光也唱了起来；

我的生命因为偕了万物

一同浮泛在空间的蔚蓝，

时间的墨黑中，

正在快乐着呢。

——《飞鸟集：150》

57

在梦中，

一切事都散漫着，

都压着我，

但这不过是一个梦呀。

当我醒来时，

我便将觉得这些事都已聚集在你那里，

我也便将自由了。

——《飞鸟集：152》

乔治·巴比尔

妇人，你用了你美丽的手指，

触着我的器具，秩序便如音乐似的生出来了。

58

当我们以我们的充实为乐时，

那么，

我们便能很快乐地跟我们的果实分手了。

——《飞鸟集：159》

59

爱情呀！

当你手里拿着点亮了的痛苦之灯走来时，

我能够看见你的脸，

而且以你为幸福。

——《飞鸟集：162》

60

世界以它的痛苦同我接吻，

而要求歌声做报酬。

——《飞鸟集：167》

61

压迫着我的，

到底是我的想要外出的灵魂呢，

还是那世界的灵魂，

敲着我心的门想要进来呢？

——《飞鸟集：168》

《祖母和孙女》

乔治·巴比尔

我灵魂里的忧郁就是她的新妇的面纱。

这面纱等候着在夜间卸去。

62

我把我的心之碗

轻轻浸入这沉默之时刻中；

它充满了爱了。

——《飞鸟集：170》

63

或者你在做着工作，

或者你没有。

当你不得不说：

“让我们做些事吧，”

那么就要开始胡闹了。

——《飞鸟集：171》

64

妇人呀，

你用你的眼泪的深邃

包绕着世界的心，

正如大海包绕着大地。

——《飞鸟集：179》

65

我的昼间之花，

落下它那被遗忘的花瓣。

在黄昏中，

这花成熟为一颗记忆的金果。

——《飞鸟集：181》

《慵懒》

乔治·巴比尔　1923

当我醒来时，我便将觉得这些事都已聚集在你那里，

我也便将自由了。

66

黄昏的天空，

在我看来，

像一扇窗户，

一盏灯火，

灯火背后的一次等待。

——《飞鸟集：183》

67

静静地坐吧，

我的心，

不要扬起你的尘土。

让世界自己寻路向你走来。

——《飞鸟集：190》

68

这世界乃是为
美之音乐所驯服了的、
狂风骤雨的世界。

——《飞鸟集：195》

69

蟋蟀的唧唧，

夜雨的淅沥，

从黑暗中传到我的耳边，

好似我已逝的少年时代

沙沙地来到我梦境中。

——《飞鸟集：198》

《巴黎服饰》

乔治·巴比尔　1913

“我不能留住你的波浪。”

“让我保存你的足印在我心里吧。”

70

河岸向河流说道：

“我不能留住你的波浪。”

“让我保存你的足印在我心里吧。”

——《飞鸟集：202》

71

歌声在空中感得无限，

图画在地上感得无限，

诗呢，

无论在空中，

在地上都是如此；

因为诗的词句

含有能走动的意义与能飞翔的音乐。

——《飞鸟集：204》

72

当我没有什么事做时，

便让我不做什么事，

不受骚扰地沉入安静深处吧，

一如那海水沉默时海边的暮色。

——《飞鸟集：208》

《慵懒的美人》

乔治·巴比尔

一倒在别人的杯里，

这酒的腾跳的泡沫便要消失了。

73

我们的欲望，

把彩虹的颜色，

借给那只不过是云雾的人生。

——《飞鸟集：214》

74

果实的事业是尊贵的，

花的事业是甜美的，

但是让我做叶的事业，

叶是谦逊地专心地垂着绿荫的。

——《飞鸟集：217》

75

我们的名字，

便是夜里海波上发出的光，

痕迹也不留地就泯灭了。

——《飞鸟集：229》

76

在心的远景里，

那相隔的距离显得更广阔了。

——《飞鸟集：233》

77

雨点向茉莉花微语道：

“把我永久地留在你的心里吧。”

茉莉花叹息了一声，

落在地上了。

——《飞鸟集：237》

《在阿玛菲海岸》

乔治·巴比尔　1922

我不能说出这心为什么那样默默地颓丧着。

78

您曾经带领着我，

穿过我的白天的拥挤不堪的旅行，

而到达了我的黄昏的孤寂之境。

在通宵的寂静里，

我等待着它的意义。

——《飞鸟集：241》

79

今天我的心是在想家了，

在想着那跨过时间之海

的那一个甜蜜的时候。

——《飞鸟集：244》

80

当人是兽时，

他比兽还坏。

——《飞鸟集：248》

81

我的心呀，

从世界的流动中，

找你的美吧，

正如那小船得到风与水的优美似的。

——《飞鸟集：255》

82

我的心，

同着它的歌的拍拍舐岸的波浪，

渴望着要抚爱这个阳光熙和的绿色世界。

——《飞鸟集：259》

83

这树的颤动之叶，

触动着我的心，

像一个婴儿的手指。

——《飞鸟集：262》

《危险的关系》

乔治·巴比尔

我不要求你进我的屋里。你且到我无量的孤寂里吧。

84

我不要求你进我的屋里。

你且到我无量的孤寂里吧，

我的爱人！

——《飞鸟集：266》

85

当我去时，

让我的思想到你那里来，

如那夕阳的余光，

映在沉默的星天的边上。

——《飞鸟集：272》

86

在我的心头点燃起

那休憩的黄昏星吧，

然后让黑夜向我微语着爱情。

——《飞鸟集：273》

87

当我死时，

世界呀，

请在你的沉默中，

替我留着“我已经爱过了”这句话吧。

——《飞鸟集：277》

88

当我和拥挤的人群

一同在路上走过时，

我看见您从阳台上送过来的微笑，

我歌唱着，

忘却了所有的喧哗。

——《飞鸟集：282》

《冷美人》

乔治·巴比尔　1921

我投射我自己的影子在我的路上，

因为我有一盏还没有点燃的明灯。

89

爱的痛苦环绕着我的一生，

像汹涌的大海似的唱着，

而爱的快乐却像鸟儿们在花林里似的唱着。

——《飞鸟集：287》

90

假如您愿意，

您就熄了灯吧。

我将明白您的黑暗，

而且将喜爱它。

——《飞鸟集：288》

91

总有一天，

我要在别的世界的晨光里对你唱道：

“我以前在地球的光里，

在人的爱里，

已经见过你了。”

——《飞鸟集：290》

92

从别的日子里飘浮到我的生命里的黑云，

不再落下雨点或引起风暴了，

却只给予我的夕阳的天空以色彩。

——《飞鸟集：291》

《披肩之美》

乔治·巴比尔　1922

“我以前在地球的光里，

在人的爱里，已经见过你了。”

93

您的名字的甜蜜充溢着我的心，

而我忘掉了我自己的——

就像您的早晨的太阳升起时，

那大雾便消失了。

——《飞鸟集：296》

94

当人微笑时，

世界爱了他。

当他大笑时，

世界便怕他了。

——《飞鸟集：298》

95

这一天是不快活的，

光在蹙额的云下，

如一个被打的儿童，

在灰白的脸上留着泪痕，

风又叫号着似一个受伤的世界的哭声。

但是我知道我正跋涉着去会我的朋友。

——《飞鸟集：307》

96

今天晚上棕榈叶在嚓嚓地作响，

海上有大浪，

满月啊，

就像世界在心脉悸跳。

从什么不可知的天空，

您在您的沉默里带来了爱的痛苦的秘密？

——《飞鸟集：308》

97

我这一刻感到你的眼光

正落在我的心上，

像那早晨阳光中的沉默

落在已收获的孤寂的田野上一样。

——《飞鸟集：317》

98

在这个黄昏的朦胧里，

好些东西看来都有些幻象——

尖塔的底层在黑暗里消失了，

树顶像墨水的斑点似的。

我将等待着黎明，

而当我醒来的时候，

就会看到在光明里的您的城市。

——《飞鸟集：321》

99

我曾经受苦过，

曾经失望过，

曾经体会过“死亡”，

于是我以我在这伟大的世界里为乐。

——《飞鸟集：322》

100

在我的一生里，

也有贫乏和沉默的地域。

它们是我忙碌的日子

得到日光与空气的几片空旷之地。

——《飞鸟集：323》

辑 二

Nobel Prize in Literature 1913
Presentation Speech

1913 年诺贝尔文学奖颁奖辞

你微微地笑着，

不同我说什么话，

而我觉得，

为了这个，我已等待得久了。

1913年诺贝尔文学奖颁奖辞

瑞典皇家科学院诺贝尔奖委员会主席

哈拉德·耶纳，1913年12月10日

值此诺贝尔文学奖颁奖之际，本院很高兴能将此项荣誉授予英属印度诗人拉宾德拉纳特·泰戈尔，因为他在获奖年度之内写出了“具有理想主义倾向的”最优美诗歌，与阿尔弗雷德·诺贝尔先生在遗嘱中的明确表述相一致。此外，经过认真全面的审慎考虑，本院既已判明他的这些诗歌最符合评奖标准，同时又认为向他颁奖事不宜迟，不应因诗人家乡遥远、在欧洲声名未著而有所犹豫。鉴于本奖创设人曾以固定条款表明他的“明确意愿是授奖时不应以候选人的国籍为考虑”，向这位诗人颁奖更属理所当然之事。

在泰戈尔的诸多作品中，参与评选的各位评论家尤为重视的是他写于1912年的宗教诗集《吉檀迦利》。从1912年开始，这本书才算是真正进入了英语文学的范畴，因为作家本人虽然从教育背景和创作实践上说都属于作为他母语的印度语言，但却给了这些诗歌一件形式同样完美、灵感则另有机杼的新装。这些诗歌由此得为英国、美国以至整个西方世界所有留心高雅文学的读者所知。自伊丽莎白女王时代以来，英语诗歌艺术的影响就一直在随着英国文明的扩张而增长。各个地方的人如今都把泰戈尔誉为英语诗歌艺术中一位值得景仰的新起大师，无论他们是否知晓他的孟加拉语诗歌，也无论他们与诗人在宗教信仰、文学流派以及政治目标等方面存在怎样的差异。这本诗集即刻赢得热情的赞美，是因为它具有以下特点：首先，诗人以一种完美的方式将自己的思想与借自他人的思想融合成了一个和谐的整体；其次，他的诗歌音韵和谐，用一位英国评论家的话说就是“同时拥有诗歌的阴柔之美和散文的阳刚之气”；再次，他遣词造句十分严谨，按有些人的说法是具有古典的高雅品味，同时又从一种外来语言中借用了另一些表达方式——概言之，

这些特点令他的作品拥有了非凡的独创性，同时也使得作品的迻译工作变得更加困难。

上述评价同样适用于我们收到的第二批诗作：出版于1913年的《园丁集》。不过，正如作家本人所说，这本诗集的翻译工作不是对先前作品的简单阐释，而是一种再创造。从中我们看到了他个性的另一侧面——忽而臣服于青春爱情的交缠苦乐，忽而沉溺于生命枯荣引发的焦灼与欢欣，而所有这些体验又都伴随着关于超凡世界的点滴思考。

泰戈尔散文故事的英译本题为《孟加拉生活印象》(1913年出版)。尽管这些故事的形式不能反映作家本人的风格——原因在于译本出自他人之手——其内容却让我们看到了他的多才多艺以及他对生活的广泛思考，看到了他对各种人物遭际与命运的真挚同情，看到了他组织故事情节的卓越才能。

此后，泰戈尔又发表了一部反映童年及家庭生活的诗集，并给它取了一个富于象征意义的标题：《新月集》(1913年)。除此之外，他还发表了在英

美两国的大学里所做的一些演讲，书名是《萨丹纳：生命的实现》(1973 年)。这些作品反映了他对人生问题的一些看法，内容是人通过何种途径才能获得一种使生活成为可能的信仰。正是这种对信仰与思维之间真正关系的探究揭示了泰戈尔作为诗人的非凡禀赋，特征之一是他思维的无比深度，最重要的特征则是他情感的热度以及他形象语言的感染力。在虚构文学领域，很少有作品能展现如此广泛多样的韵律和色彩，也很少有作品能以同样的和谐与优雅表现各式各样的感情，不管那是灵魂对永恒的热切盼望，还是由游戏中的纯真儿童引发的轻松喜悦。

泰戈尔的诗中洋溢着真实普遍的人类情感，绝没有什么天方夜谭。将来，我们也许还会对他的作品有更深刻的理解。不过，我们已经知道的事情是，这位诗人正打算致力于调和东西半球迥然相异的两种文明。两种文明之间的隔阂首先是我们这个时代的典型特征，同时也是我们这个时代面临的最重要的任务和问题。

1861 年，拉宾德拉纳特 · 泰戈尔出生在孟加

拉，那是历史最悠久的英属印度省份，也是传教先驱凯里在多年之前为宣传基督教和改进本土语言付出过不懈努力的地方。泰戈尔出身显赫，降生之时他的家人已经在多个领域显示出了聪明才智。他青少年时期的成长环境相当开明，从未刻意干涉他对于世界人生的看法。与此相反，他家里洋溢着热爱艺术的高雅气氛，以及对探索精神和先贤智慧的深刻敬意，而他家的家庭礼拜当中也会用到先贤的文字。后来，他的周遭又出现了一种新的文学精神，要求作家自觉地接近人民，去了解他们生活的需要。在波澜壮阔却又混乱不堪的印度民族起义遭到镇压之后，政府实施了坚决的改革，这种新精神的力量因此得到了增强。

拉宾德拉纳特的父亲是宗教团体“梵社”最热心的领导成员之一，而他的儿子至今也仍是这个团体的成员。这个团体跟古代那些印度教派别不同，并不以传播某种至高无上的神祇信仰为目的。它奠基于十九世纪早期，创建者是位开明的有力人士。此人曾在英国学习基督教教义并深受其影响，由是致力于以他心目中的基督信仰真义来阐释源自往昔

的本土印度教传统。他和他的后继者对真理的阐释引发了日益广泛的教义论争，而梵社也分化成了一些互不统属的支派。此外，梵社的特性决定了受它吸引的主要是具有高度修养的知识分子，而且从创建之时就排除了公开信徒数量大幅度增长的可能性。尽管如此，这一团体的间接影响可称相当巨大，即便对大众教育和文学的发展进程而言也是如此。通过自身的努力，拉宾德拉纳特·泰戈尔成为梵社新起成员中的佼佼者，成为他们心目中一位值得尊敬的师长和先知。他们执着追求一种师生之间的亲密互动，这样的互动在宗教生活和文学训练活动当中都得到了深刻、真挚而朴素的体现。

为了完成毕生的使命，泰戈尔汲取了来自欧洲和印度的多方面文化素养，又通过海外游历以及在伦敦的深入钻研使之丰富完善。年青时代，泰戈尔陪着父亲遍游祖国各地，足迹远达喜马拉雅山区。年纪很轻的时候，他便开始尝试用孟加拉语写作散文、诗歌、歌曲和戏剧。除了描摹祖国大众的生活之外，他还在其他一些作品中对文学批评、哲学以及社会学等方面的问题进行了探讨。不久之前的一

段时间里，他暂时中断了繁忙的世俗事务，原因是本民族源远流长的社会习俗让他觉得自己有义务泛舟于神圣恒河的一条支流，过一段冥思默想的隐士生活。返回尘世生活之后，作为一位智慧超绝、信仰坚贞的贤人，他在同胞当中的声望与日俱增。他在孟加拉西部创办了杧果树荫蔽的露天学校，许多虔诚的青年学子在学校里成长起来，并将他的教诲传播到全国各地。此后他用了将近一年的时间在英国和美国的文学圈子里充当座上贵宾，并出席了今年夏天巴黎的宗教历史大会，如今又退隐到了他的学校里。

在泰戈尔的高明教诲受人接纳的地方，人们都视他为福音的传播者。他的福音来自长期以来只存在于想象之中的东方智慧宝库，载体则是所有人都能理解的浅白语言。此外，他从无在人前扮演天才或新思想发明者的骄矜之意，总是自谦为一个居间的媒介，慷慨地散布着他生来即得亲近的一种智慧。西方世界围城里的生活滋养了一种不得安宁、聒噪不休的情绪，催生了一种崇拜工作的迷信，以及为收益和利润所驱使的征服自然的斗争，如泰戈尔所

说："情形似乎是，我们生活在一个充满敌意的世界里，必须从一种不情不愿、与我们格格不入的自然秩序手中夺来我们想要的一切。"（《萨丹纳：生命的实现》第五页）与这一切令人萎靡的匆促忙乱形成鲜明对比，泰戈尔为我们展现了这样一种文化，一种在广袤宁静、涤荡心灵的印度森林中臻于完满的文化，一种主旨在于通过不断增进与自然生命本体的和谐而获得灵魂安宁的文化。除此而外，泰戈尔用以确证我们终将获得安宁的物事并不是一幅历史的图景，而是一帧诗意的画卷。凭着与预言天赋俱来的权利，他随心所欲地勾画出了种种场景——在与时间之始并存的某个时期，这些场景浮现在了他独具灵光的慧眼之前。

然而，泰戈尔并不崇奉那些我们惯于听人在市场上发卖的所谓东方哲学，不崇奉关于灵魂轮回和无情业力的痛苦幻梦，也不崇奉那看似具体实则抽象、通常被人视为印度高等文明典型特征的泛神信仰。他对这些东西敬谢不敏，疏远的程度不亚于我们当中的任何人。他本人甚至不会承认，这种类型的信仰能从印度先贤那些最深奥的言辞中找到任何

依据。他对吠陀诗篇、《奥义书》乃至佛陀本人的教诲都进行了十分认真的研读，以致从中悟得了一条在他看来无可辩驳的真理。在从自然中寻找神性的时候，他发现了那位包容一切的自然之主，一个具备万能禀赋的、活生生的神明。这位神明的超自然精神力在大小不拘的芸芸众生身上都有一视同仁的体现，但它最为真切的反映却是注定不朽的人类灵魂。在泰戈尔供奉于自己这位无名神祇脚下的献歌当中，比比皆是的是赞美、祈祷和炽热的虔诚。他这种神性膜拜可以说是一种美学意义上的一神论，与宗教乃至道德范畴的禁欲苦修都是大异其趣。这样一种虔诚与他的全部诗歌达成了完美的和谐，而且给了他心灵的安宁。即便有基督教世界的种种限制，他仍然宣称这样的安宁终将降临到疲惫不堪、忧心忡忡的人类身上。

我们不妨把这种哲学称为神秘主义，但这并不是那种弃绝个性、希求与近于无物的某个整体融合的神秘主义，而是一种将灵魂拥有的全部才赋修炼到极致、进而孜孜以求与那位活生生的万物主父相逢的神秘主义。即便是在泰戈尔时代之前的印度，

这种更为积极的神秘主义也并非完全不为人知。这种哲学在古代苦行者和哲学家当中的确十分罕见，但却广泛存在于多种形式的“巴克提”宗教实践当中，该宗教实践的核心内容便是对至尊主神的挚爱和信赖。受了基督教及其他一些外来宗教一定程度的影响，“巴克提”从中世纪开始便一直在印度教的各种变相中寻找自己的宗教理想。那些变相各有特点，究其实却都是概念上的一神论。到了今天，所有那些较高层次的信仰都已消失，要不就退化到了无法辨识的地步，原因在于由各种迷信组成的大杂烩发生了过度的增长，并将无力抵抗它们甘言诱哄的众多印度民众招至旗下。泰戈尔兴许也从这部本族先辈的大合唱中撷取了一两个音符，但他的根基却在这个时代更为坚实的土壤上。这个时代让地球上的人们沿着和平或冲突的路径相互靠近，一起走向那些共同的集体责任，同时又运用自身的能量将问候与祝福传播到天涯海角。尽管如此，通过他那些充满思想张力的图画，泰戈尔还是向我们揭示了所有这些转瞬即逝的存在将如何湮灭于永恒。